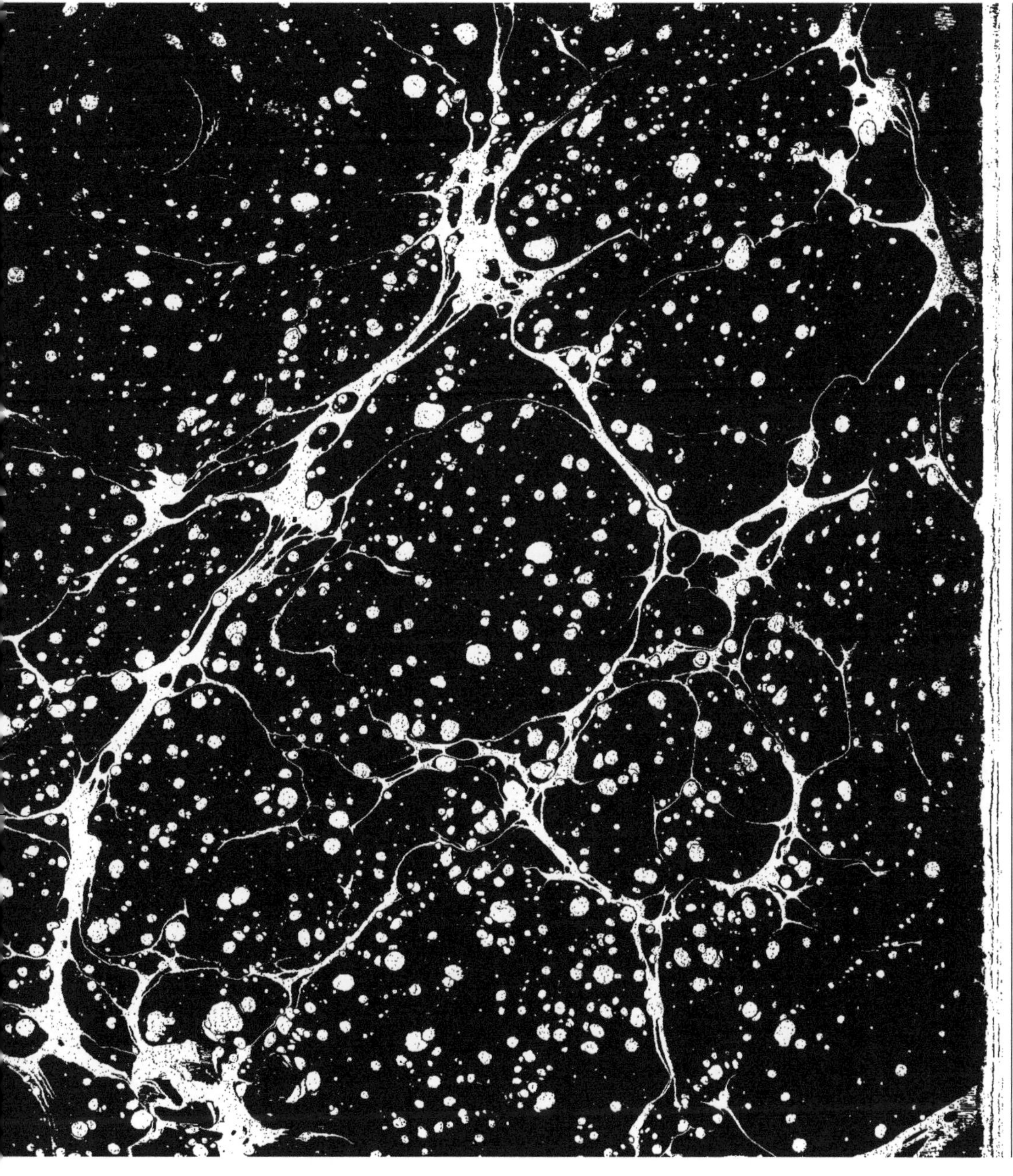

ORAISON FUNEBRE
DE
TRES-HAUT, TRES-PUISSANT ET TRES-EXCELLENT
PRINCE,
LOUIS D'ORLEANS,
DUC D'ORLEANS,
PREMIER PRINCE DU SANG,

Prononcée dans l'Eglise de l'Abbaye Royale de Sainte Genevieve le 23 Mars 1752. Par le P. BERNARD, *Chanoine Régulier de ladite Abbaye.*

A PARIS, RUE DE LA HARPE,
Chez P. G. SIMON, Imprimeur du Parlement, à l'Hercule.

M. DCC. LII.
AVEC APPROBATION ET PRIVILEGE DU ROY.

ORAISON FUNEBRE

DE TRE'S-HAUT, TRE'S-PUISSANT,

ET TRE'S-EXCELLENT PRINCE,

LOUIS D'ORLEANS,

DUC D'ORLEANS,

PREMIER PRINCE DU SANG.

Ubi eſt, mors, victoria tua ?
O mort, quelle eſt donc ta victoire ? 1. Cor. c. 15.

MONSEIGNEUR,

EST-CE à moi à braver ici la mort, à inſulter à ſon peu de puiſſance, & à lui demander avec une eſpéce de défi ; quelle eſt la victoire qu'elle a remportée ? Hélas ! Cette cruelle mort n'a que trop ſignalé ſon pouvoir. Quoi de plus déſolant que le coup que vient de frapper ſon bras, terrible exécuteur des ordres d'un Dieu qui tient nos deſtinées dans ſes mains, & qui punit la terre en lui ôtant les Juſtes qui l'édifient ! La décoration funebre de ce Temple, les chants lugubres dont nos voûtes retentiſſent, ce Sacrifice d'expiation qu'un triſte Miniſtere m'oblige d'interrompre, les regrets que l'appareil de cette pompe renouvelle, les ſoupirs qui échappent, les larmes qui coulent, tout nous retrace un affligeant ſouvenir ; tout nous annonce qu'il n'eſt plus, ce Prince reſpectable, l'exemple, la reſſource, l'étonnement de ſon ſiécle.

Non, il n'eſt plus...... Ces ſaints Autels qui l'ont vû ſi ſouvent à leurs pieds, & où un tendre mouvement le ramenoit ſans ceſſe, le redemandent en vain. Cet aſyle ſacré qu'il avoit choiſi par préférence, & qui ſe glorifiera toujours de l'avoir poſſédé, ſe refuſe encore, mais inutilement à l'idée de l'avoir perdu. Il n'eſt plus..... A ce mot la Religion ſe couvre d'un voile, elle verſe un torrent de larmes ; auſſi inconſolable que Rachel, elle pleure non-ſimplement un Fils, mais ſon appui, mais ſon protecteur, mais ſon plus riche ornement. Les Pauvres pouſſent des cris lamentables, ils accuſent le Ciel de leur avoir enlevé leur Pere ; accablés, abbatus, conſternés, ils gardent un morne ſilence ; ils voudroient s'exprimer, & des ſanglots entrecoupés ſont encore le ſeul éloge que la douleur profonde leur permette..... O mort, ſi tu meſures tes trophées ſur l'importance des victimes que tu immoles, jamais tu n'as triomphé avec plus d'éclat, jamais tu n'as vaincu avec plus d'avantage !

Mais ſi je fais réflexion, Meſſieurs, que la mort eſt pour un Chrétien le terme de ſon exil, le retour dans ſa Patrie, la fin de ſes maux, la ceſſation de ſes allarmes, l'accompliſſement de ſes deſirs, l'heureux moment de ſa délivrance : Si je penſe à l'eſpoir conſolant qu'un vrai Diſciple de l'Evangile emporte avec lui dans le tombeau, à la couronne qui lui eſt reſervée, à la félicité dont il va jouir : Si je conſidére que dans cet inſtant fatal & déciſif, la joie devient plus ſenſible, l'eſpérance plus animée, la ſéparation plus douce, l'empreſſement plus vif, le bonheur plus certain à proportion que l'on a été fidéle pendant la vie à purifier son cœur, à détacher ses affections, à se charger de la croix, à marcher sur les traces de l'Homme Dieu : ah ! le spectacle change tout-à-coup, la foi m'éleve au-dessus de la nature. Je suspends mes regrets, j'étouffe mes soupirs, je commande à ma douleur, j'oublie ce que je perds, pour ne m'occuper que de ce que gagne le Prince que je pleurois. Il s'offre à mes yeux, non comme un triste exemple de la caducité des grandeurs humaines, mais comme une preuve illustre des glorieux priviléges de la piété. Au lieu de plaindre une victime involontaire que la mort abbat sous ses coups, j'applaudis à un vainqueur associé au triomphe de Jesus-Christ même sur la mort. *Ubi est mors victoria tua ?*

C'est sur vos cendres que nous gémirons, déplorables esclaves de la vanité, qui vous laissez séduire par cette foule de phantômes qui s'évanouissent à mesure qu'ils vous trompent ; ô vous, qui, dans les agitations du siécle, l'yvresse des plaisirs, l'égarement des passions, perpétuez jusqu'au dernier soupir le charme qui tient toutes les puissances de votre ame captives. Nous arroserons votre cercueil de larmes de sang. Ces larmes quoiqu'inutiles pour vous, quoiqu'incapables de rien changer aux Arrêts de la Justice Divine, nous les devons à notre compassion, nous les devons à la charité. Vous perdez tout en mourant ; & quiconque perd tout, est bien à plaindre.

Mais aujourd'hui, Messieurs, ne nous livrons qu'à une douleur susceptible des consolations de la foi. Gardons-nous de profaner par des sentimens trop humains une mort aussi Sainte, aussi Chrétienne, que celle de TRE'S-HAUT, TRE'S-PUISSANT, ET TRE'S-EXCELLENT PRINCE, MONSEIGNEUR LOUIS D'ORLEANS, DUC D'ORLEANS, PREMIER PRINCE DU SANG.

Comme les Grands du monde ont plus à perdre que les autres hommes, & qu'ils sont naturellement plus jaloux de leur gloire, la mort a aussi quelque chose de plus redoutable pour eux. Elle les dépouille toujours personnellement ; elle flétrit souvent leur mémoire. Le Prince dont j'entreprends l'éloge à sçu prévenir ces deux effets sinistres.

La mort ne le dépouille point : il avoit sacrifié volontairement tout ce que la mort peut enlever.

La mort ne le dégrade point dans l'eſtime des hommes ; il s'eſt acquis une gloire que la mort ne peut obſcurcir.

O Mort ! quelle eſt donc ta victoire ſur lui ? *Ubi eſt, mors, victoria tua ?*

PREMIER POINT.

Ez. ch. 7. 3. TOUT va finir aujourd'hui pour toi. *Nunc finis ſuper te.* Quel coup de foudre que cet oracle du Prophéte, quel coup de foudre pour un Grand, qui n'a jamais aimé que les biens périſſables, qui attaché à la vie, en regrette les charmes, & eſt obligé de s'écrier en expirant avec ce voluptueux Roi

1. Reg. 15. 32. d'Amalec : O mort à combien de délices tu m'arraches !

Oui, Meſſieurs, la mort eſt pour lui la fin de toutes choſes, *nunc finis* : la fin de ce ſonge brillant qui lui faiſoit illuſion : un reveil plein d'horreur le détrompe ; la fin de ce culte profane & mercénaire, que lui rendoient de vils Adulateurs : il tombe entre les mains de la vérité & de ſa propre conſcience ; la fin de ces plaiſirs dont ſa vie n'a été qu'un criminel enchaînement : le plus affreux retour lui eſt reſervé. *Nunc finis ſuper te.* Plus

il réunit dans sa personne de titres de distinction, & plus il a de liens à rompre, plus il donne à la mort de prise sur lui. » Il a beau appeller toutes les » créatures à son secours, sa chûte prochaine ap- » prendra, dit le Seigneur, que les Idoles les plus » respectés ne posent que sur un pied d'argile; il est » de ma gloire de renverser ces colosses de faste & » d'orgueil. Balthasar se livre à toute la dissolution » d'un festin impie; & moi je grave sur le mur son » Arrêt de mort. D'indignes applaudissemens éle- » vent le cœur d'Herodes; & moi, je commande » aux vers de le consumer. *Ego sum Dominus per-* Ez. ch. 7. 9.
» *cutiens*.

Figurez-vous au contraire, Messieurs, un Prince, qui armé du glaive Evangélique, a anticipé par des renoncemens volontaires l'état de dépouillement & d'humiliation où la mort se promettoit de le réduire. Ah! cette mort, à quelqu'âge, dans quelque circonstance qu'elle le saisisse, est pour lui, non une perte, mais un gain, mais une récompense. Que peut-elle lui enlever? Il a tout immolé. La grandeur? il est descendu par humilité. Le faux encens de la flaterie? il n'a écouté que Dieu & son propre cœur. Les plaisirs? la pénitence a été son partage.

C'eſt par de tels ſacrifices, que MONSEIGNEUR LE DUC D'ORLEANS s'eſt ménagé l'avantage d'une mort douce & conſolante. Qu'il a donc été ſage de ſacrifier l'éclat de la vanité au deſir d'aſſurer ſon ſalut dans l'obſcurité d'une retraite ; la dépendance de l'opinion des hommes, au témoignage de ſa conſcience ; l'attrait des plaiſirs aux ſaintes rigueurs de la mortification ! Que ſa retraite eſt digne de nos éloges ! Retraite irrépréhenſible dans ſes motifs ; retraite ſoutenue avec une ferme perſévérance ; retraite héroïque par ſa ſévérité.

Perſonne ſans doute n'étoit plus propre que le DUC D'ORLEANS à repréſenter dans le monde avec cet éclat qui impoſe, qui éblouit, & qui, exemt des viciſſitudes communes, ne finit qu'avec la vie, n'a point d'autre éclipſe à craindre que la nuit du tombeau. Du côté de la naiſſance : je parle du Sang de LOUIS, & j'ai parlé de ce qu'il y a de plus grand dans l'Europe, dans l'Univers. Du côté de l'autorité : admis à ces Conſeils Souverains où l'on juge les jugemens, où l'on peſe les intérêts des Puiſſances, où l'on décide du ſort des peuples & de la deſtinée des Empires ; participant

participant des ſecrets de l'Etat, initié dans les myſtères du Gouvernement politique, il coopéroit avec notre Auguſte Monarque au bien public, il ſecondoit la droiture de ſes intentions, il ouvroit des avis toujours ſages, & il avoit de quoi ſe faire écouter. Du côté du mérite perſonnel; un eſprit pénétrant, aſſez juſte pour ſaiſir le vrai, aſſez ferme pour ne point le diſſimuler; un cœur droit, exempt de fard & d'artifice, un goût naturel de ſérieux & d'application, tout le flegme de la maturité dans le feu de la jeuneſſe, un amour inviolable de la juſtice & du bon ordre, un zéle ſincère pour l'obſervation des Loix.... avec des qualités auſſi rares, auſſi ſupérieures, il ſeroit bientôt devenu un des plus fermes ſoutiens de l'Etat & du Trône.

Cependant tous ces avantages réunis ne devoient contribuer dans les deſſeins de la Providence, qu'à décorer le ſacrifice que le Ciel en exigeoit. O prodige! Un Prince à qui le monde n'offre que des honneurs & des plaiſirs, pour qui le monde n'a rien que d'engageant. Ce Prince, avant que d'avoir atteint ſa trentiéme année, forme l'étonnante réſolution de ſe ſéparer du monde, & l'éxcute. Au ſeul projet de ſa retraite, la Cour s'allarme.... elle alloit perdre un exemple qu'elle avoit toujours reſpecté. La Patrie éplorée l'appelle à ſon ſecours, & le conjure de ne point l'abandonner. La Religion elle-même balance, elle eſt tentée de renvoyer auprès du Trône un Prince ſi digne d'être l'appui de ſes Autels, & le défenſeur de ſon Culte. Mais l'attrait de la grace, interprête de la volonté du Tout-Puiſſant, l'emporte. Aſſuré que Dieu parle à ſon cœur, LE DUC D'ORLEANS ne ſçait qu'obéir.

Vous aviez préparé de loin cette grande démarche, ô mon Dieu, par les ſemences de vertu que vous aviez jettées dans ſon ame, germes précieux qui devoient fructifier en leurs tems! Vous vous étiez rendu attentif à le prémunir, & à l'éclairer. Au milieu de la ſéduction des plaiſirs, vous le convainquiez quelquefois par ſa propre expérience, qu'en vain amuſent-ils les intervalles de la vie, ils ne rempliſſent jamais le vuide du cœur, qu'ils empoiſonnent ſans ſatisfaire; & que l'homme eſt trop grand, ſon objet trop ſérieux, ſa deſtinée trop haute, ſes eſpérances trop ſublimes, pour borner ſa félicité à des voluptés auſſi aviliſſantes. Au plus haut faîte des grandeurs, vous lui appreniez que la véritable gloire de l'homme consiste à se vaincre soi-même, & qu'il vaut mieux commander à ses penchans, que de régir des Provinces. Dans le cours même des égaremens, dont il est rare que la jeunesse des Princes soit totalement exemte, vous conserviez toujours dans son cœur un souverain respect pour la Religion. S'il pécha, ce ne fut que par foiblesse. Une voix intérieure le rappelloit sans cesse à l'austérité du devoir; & s'il ne la suivit pas d'abord, il sentit bien qu'il lui seroit impossible d'y resister long-tems. Il y a des témoignages secrets d'une ame naturellement vertueuse. Il y a des caractères à qui le vice coûte infiniment, & qui ne font pas une chûte sans la racheter par des allarmes & des remords. Un caractére de cette espèce est un heureux préjugé de salut. C'est-là cette ame bonne que Salomon se réjouissoit d'avoir reçu en partage.

Sortitus sum animam bonam. Sap. 8. 19.

Des leçons frapantes viennent au secours de ces heureuses dispositions. Il faut que deux pertes sensibles achevent de lui ouvrir les yeux sur le néant des grandeurs terrestres, & sur le peu de durée des attachemens humains. C'est à l'école de la mort qu'il apprend à mourir lui-même à tout.

Un coup inopiné lui enleve un Pere.... Hélas ! il eut été immortel, ſi l'autorité, la gloire, l'eſprit, les talens, les ſuccès, l'amour des peuples, l'eſtime des Etrangers pouvoient ſouſtraire à la Loi fatale du trépas...Je ne rappellerai point ici les merveilles d'une Régence mémorable ; je ne m'arrête qu'à la triſte époque qui termine les jours du Régent. Elle fit ſur le jeune Prince la plus vive impreſſion ; il penſa moins aux titres & aux biens dont il entroit en poſſeſſion, qu'au ſort funeſte qui en dépouilloit ſon Pere. Dans la mort d'un ſeul homme, il apperçut le frivole de ce que les hommes ambitionnent le plus ; de ce corps étendu & privé de vie, de ces lugubres dépouilles encore cheres à ſa tendreſſe & qu'il baignoit de ſes larmes, de ces marques de dignité, autrefois l'objet de la vénération des peuples, aujourd'hui inutiles ornemens d'une cendre encore preſque fumante, il crut entendre ſortir une voix qui lui crioit : *Vanité des vanités, & tout n'eſt que vanité*, hors ſervir Dieu & l'aimer. O mon fils ! les Grands n'emportent avec eux dans l'Eternité que leurs actions bonnes ou mauvaises ; à quoi bon courir après des honneurs, chercher des plaisirs qui ont un terme si court & une fin si tragique ? *Vanitas vanitatum.* Eccl. 1.

Cette premiére playe n'étoit pas fermée, elle saignoit encore, & voilà le Prince destiné à de nouvelles larmes. Grand Dieu ! falloit-il que des nœuds que vous aviez vous-même formés, fussent si-tôt dissous ! Pourquoi avez-vous permis que la mort se hâtât de séparer deux cœurs si dignes l'un de l'autre ? Vous ne vouliez donc que montrer à la France une Princesse née pour en faire l'admiration... ! Vous le sçavez mieux que moi, ô vous ! qui avez eu le bonheur d'être attachés auprès de sa personne. Faites-nous le détail des vertus & des rares qualités dont vous avez été les témoins. Parlez-nous de ce caractère de Noblesse qui l'élevoit au-dessus même de son rang, & qui n'annonçoit sa grandeur que par des bienfaits : de ce caractère de bonté qui la rendoit affable, compatissante, & qui la rapprochant de nous, lui attiroit de nouveaux hommages : de ce caractère de Religion qui animoit toutes ses œuvres, qui éclatoit sur-tout au pied des Autels, qui l'anéantissoit, qui la faisoit comme disparoître en la présence du Dieu de toute majesté. Rappellez à notre souvenir tout ce que vous avez vû; & par vos Eloges justifiez les regrets & les larmes du Prince qui m'écoute. Il nous promet toutes les vertus de son auguste Mere.... Que dis-je? il nous les rend : Puisse le Ciel lui accorder une longue carriére, & ajouter à ses jours tout ce qu'il a retranché sur ceux de la Princesse incomparable, & du Prince édifiant à qui la France le doit!

C'en est fait, Messieurs, LE DUC D'ORLEANS est déterminé, n'attendez de lui que des démarches décisives pour son Salut.

Tu scis necessitatem meam. *Esth.* 14. 16.

Instruit par tant de leçons successives, il n'hésite plus, je le vois fuir & se retirer. Esther gémissoit des assujettissemens de la grandeur; mais lui, sçait s'affranchir de cette nécessité toujours triste à un cœur Chrétien. Il reconnoît le vuide de ces intérêts prétendus importans qui remuent, qui agitent si vivement les hommes; il quitte par prudence ce que d'autres briguent par ambition. La conquête du monde entier le dédommageroit-elle de la perte de son ame?... Nous conſervons comme un précieux dépôt, les premiéres Lettres dont il nous honora, & où il nous confie les ſaints deſirs de ſon ame; elles parlent un langage que la grace ſeule peut dicter. Il ſera éternellement cher à notre mémoire, le jour heureux, où nous tendîmes les bras pour le recevoir. A l'élévation de ſes ſentimens, nous vîmes bien que c'étoit une démarche ſans retour. Nous augurâmes dès-lors tous les prodiges que nous avons admirés dans la ſuite.

J'avoue, Meſſieurs, que le moyen de ſanctification le plus ordinaire pour un Prince né dans la pourpre, & à l'ombre du Trône, eſt de demeurer dans ſon état, d'en éviter les écueils & d'en pratiquer les devoirs. Il y a des graces pour le Miniſtre qui gouverne, comme pour le Solitaire qui prie. Ce ſeroit dégrader notre Religion, que de la croire incompatible avec les places éminentes; & de s'imaginer que pour être Chrétien, il faille de néceſſité ceſſer d'être Grand. Elle ne trouble point l'ordre des conditions, elle en rectifie l'uſage. Que les Princes rempliſſent les obligations qui leur ſont propres, & ils trouveront le Salut au milieu du tumulte & des écueils de la Cour. Tel eſt l'ordre général. Mais qui oſera conteſter au Très-Haut le droit de s'affranchir des régles communes ? La grace n'a-t'elle pas différentes formes ? Elle a ſanctifié Louis IX. ſur le Trône ; il lui a plû de ne ſanctifier LE DUC D'ORLEANS que dans le ſilence de la retraite. Elle a inſpiré à l'un plus de courage, à l'autre une crainte plus vive ; l'un a plus compté ſur le ſecours divin, l'autre s'eſt plus défié de lui-même ; l'un n'a pas rougi d'allier les opprobres de la Croix avec l'éclat du Diadême, l'autre n'a point voulu de partage, & s'eſt enfui chargé ſeulement de la Croix. Il a été dit à l'un comme à Moyſe : Allez, je vous envoye, ſoyez le Chef de mon peuple ; l'autre a pris pour lui ces paroles de l'Ange au juſte Loth : Sauvez-vous ſur la montagne, de peur que vous ne périſſiez avec les autres. Saint Louis a fait ceſſer les abominations de Babylone ; LE DUC D'ORLEANS en a redouté la contagion & les anathêmes. Tous deux dignes de notre vénération, tous deux Héros dans le Chriſtianiſme ; puiſqu'il ne faut pas moins de force, pour abandonner tout ce qui peut ſéduire, que pour vivre au milieu des preſtiges de la vanité, ſans en être ébloui.

Multiformis gratiæ Dei. 1. *Pet.* 4.10.

Mais

Mais de quelle constance sur-tout n'a-t'on pas besoin pour persévérer, lorsque les discours, les censures, les représentations, tout contribue à affoiblir?

Loin d'ici ces foibles roseaux, qui flexibles au moindre vent, n'ont ni consistance, ni solidité: je parle d'un Prince qui a montré toute la fermeté de Jean-Baptiste. Une fois entré dans les voyes de la perfection, il y a couru à pas de Géant. Son zéle n'a jamais souffert ni éclipse ni intervalle. Qu'une vertu est solide, lorsque dans l'espace de plus de vingt ans on ne la voit un seul jour ni varier, ni se démentir!

Il s'étoit bien attendu, Messieurs, que le siécle n'approuveroit pas universellement une démarche aussi opposée aux vûes & aux prétentions du siécle; que l'on se recrieroit sur le parti qu'il avoit pris, comme sur un parti violent & hors des regles. Il connoissoit trop le monde, pour ignorer qu'il n'épargne ni fausses interprétations, ni censures malignes pour ternir la gloire, pour diminuer le mérite de ce qui choque ses idées; mais peu lui importoit, comme à Saint Paul, d'être 1.Cor.4.13.

jugé par les hommes ; leur critique & leurs approbations lui étoient également indifférentes : il appelloit du Tribunal de l'opinion à celui du Souverain Juge, ſeul redoutable, ſeul incorruptible ; il prenoit à témoin le Dieu qui ſonde les reins & les cœurs. C'eſt vous-même, ô mon Dieu, s'écrioit-il, qui m'avez choiſi, qui m'avez

Pſal. 72.

appellé par une prérogative ſpéciale : vous m'avez pris comme par la main, vous m'avez conduit au gré de votre volonté adorable, je m'occuperai à contempler vos merveilles dans Sion, à célébrer votre miſéricorde par des Cantiques ; mais faites moi connoître que vous ne me voulez plus ici, & je quitterai ma retraite avec la même ſoumiſſion, que David vous promettoit de deſcendre du Trône.

Si dixerit mihi : non places, præſto ſum. 2. *Reg.15.26.*

Qu'un Prince eſt heureux quand il ne ſcandaliſe que par ſa vertu ! La cenſure devient pour lui un éloge ; le vice ne s'acharne à lui chercher des foibles que pour éluder la confuſion dont un pareil exemple le couvre.

Bien loin, Meſſieurs, que la cenſure du monde fût capable d'ébranler le Prince, elle ne fit que l'affermir : plaire aux hommes étoit pour lui une

An quæro hominibus placere ? Si adhuc hominibus

raiſon de douter qu'on fût véritablement Serviteur de Jeſus-Chriſt : il ſe ſeroit défié d'une vertu qui auroit unanimement réuni tous les ſuffrages. Outre les illuſions de l'amour propre auſquelles il ſe ſeroit vû expoſé, outre la juſte appréhenſion de recevoir, comme les Phariſiens, ſa récompenſe dans ce monde : Diſciple fidéle du Sauveur, il ne vouloit pas être plus privilégié que ſon Maître. Tout ce qui porte le caractére de la Croix, eſt néceſſairement marqué au coin de la contradiction. Les Saints qui ont le plus approché de Jeſus-Chriſt ſont toujours ceux que le ſiécle a le moins goûté. Tel eſt le ſort des Elûs : un crucifiement réciproque les éloigne du monde, & refroidit le monde à leur égard.

placerem, Chriſti ſervus non eſſem, *Gal.* 1. 10.

Mihi mundus crucifixus eſt, & ego mundo. *Gal.* 6. 14.

Mais, que dis-je, Meſſieurs, le monde ne s'eſt-il pas glorieuſement retracté ? Le monde n'a-t'il pas rendu hautement à ſa vertu la juſtice qu'elle méritoit ? Rappellez-vous ces triſtes jours, où la nouvelle ſe répandit, qu'attaqué d'une langueur incurable, & qui ne laiſſoit plus de reſſources, ſa vie étoit déſeſpérée : quel fut alors le ſentiment, le langage public ? Toutes les maiſons retentiſſoient d'éloges d'autant plus ſinceres, qu'ils étoient libres

& désintéressés. On ne pouvoit s'empêcher de convenir du vuide réel que cette mort prématurée alloit faire dans un siecle qui avoit besoin de grands exemples, du coup que la Religion en recevroit, de la perte irréparable dont les malheureux étoient menacés. Ah! de semblables louanges avoient bien de quoi consoler le DUC D'ORLEANS, s'il eût jamais compté les louanges des hommes pour quelque chose; Elles étoient arrachées par la force de la vérité.

Et en effet, que pouvoit-on lui reprocher? l'indolence, la fuite du travail? Jamais vie ne fut plus occupée, plus active, plus laborieuse que la sienne. La singularité, l'humeur? On sçait avec quelle condescendance, avec quelle bonté il se communiquoit. Accessible à tout ce qu'il y avoit de plus distingué, soit par la naissance, soit par les services, soit par le mérite, il leur faisoit l'accueil le plus favorable, & les renvoyoit comblés, surpris, édifiés. L'oubli de son rang & de ses privileges? Jamais personne n'a mieux sçû se faire rendre dans l'occasion ce qui lui étoit dû: l'humilité Chrétienne l'abaissoit devant Dieu; mais sans compromettre sa dignité devant les hommes.

Un défaut de nobleſſe & d'élévation ? Ah ! trouvez-moi quelqu'un qui ait penſé, qui ait agi avec plus de grandeur d'ame. Un Prince, qui dans une affaire litigieuſe où il ſe voit forcé malgré lui de plaider, porte le déſintéreſſement & l'amour de l'équité, juſqu'à fournir à un particulier de l'argent pour ſoutenir ſes droits contre lui, & qui après avoir perdu ſon procès, rend graces encore à ſa Partie de ce que, en le pourſuivant, elle lui a épargné une injuſtice; un Prince capable d'un trait auſſi noble, peut ſans flatterie être compté au nombre des Grands Hommes.

Que pouvoit-on lui reprocher ? L'omiſſion des devoirs eſſentiels de ſon état ? il les a remplis. Un Prince a deux grands objets : ſa Famille : il en eſt le chef, le modele : ſa Patrie : il en eſt le protecteur, le pere.

Renfermé dans l'intérieur de ſa Famille, il faut qu'il y établiſſe l'ordre, qu'il y maintienne l'abondance, qu'il y pratique toutes les vertus d'un Citoyen. La nature a ſes droits ſur les Grands, comme ſur les autres hommes ; plus même le ſang qui coule dans les veines eſt illuſtre, plus le cœur eſt ſuſceptible de ſentimens vifs, purs ; &

s'il étoit nécessaire d'aller chercher jusques sur le Trône de respectables exemples ; quel pere plus attentif, plus attaché, plus tendre que le Roi ? C'est dans le sein de son auguste Famille qu'il respire du poids de la Couronne, & des embarras de la Royauté : c'est-là que dégagé du fardeau de la représentation, il développe toutes les qualités admirables de son ame. Hélas ! Quel coup pour sa tendresse, lorsqu'il vit tout récemment moissonnée par la mort une jeune Princesse, l'exemple de la Cour, la consolation de notre pieuse Reine. O Ciel ! pourquoi nous as-tu envié sitôt le bonheur de la posséder ? Y a-t'il donc déja trop de vertu sur la terre ?

Occupé des intérêts de sa Patrie ; il faut qu'un Prince lui consacre ses soins au préjudice de la nonchalance & du plaisir, qu'il remédie à ses malheurs autant qu'il dépend de lui, qu'il la serve relativement au degré d'autorité qui lui est confié. Ce n'est point pour outrer la magnificence & le faste, pour ne suivre d'autre loi que leur volonté, pour faire gémir leurs vassaux sous le poids d'une domination tyrannique que, la Providence a établi des Grands sur la terre ; ils seroient les fléaux de leur Patrie, ils doivent en être les délices; ils lui seroient à charge, ils doivent lui être utiles.

Oui, Messieurs, c'est conformément à ces principes que le DUC D'ORLEANS a toujours agi. Sa Famille ni la France n'ont jamais été oubliées dans sa retraite; il ne les a point comprises dans la multiplicité de ses Sacrifices; essentiellement à Dieu, il s'est souvenu qu'il étoit Fils, Frere, Pere, Prince.

Rien de plus sincere que le zéle qu'il a toujours témoigné pour la gloire & la prospérité du Royaume. Pendant plusieurs années ne s'est-il pas arraché aux douceurs de la solitude, pour se trouver assiduement au Conseil? Si depuis il s'est abstenu d'y paroître, providence de mon Dieu, vous aviez dans cette conduite vos vues & vos desseins.! Vous vouliez que son cœur ne se partageât plus entre les devoirs de la piété & des soins terrestres. S'il n'est pas descendu avec nos Josué dans le champ de Bataille, il a toujours efficacement levé les mains avec Moyse sur la Montagne. Un Prince qui prie avec la piété d'un Onias, avec les larmes d'un Jérémie, influe autant ſur le ſuccès des Armes de Juda, que dix mille bras qui combattent. Pendant que LOUIS conduiſoit nos Soldats à la victoire, les animoit par ſa préſence, montroit aux ennemis un Roi invincible, & s'expoſoit peut-être trop lui-même; le DUC D'ORLEANS ſe proſternoit aux pieds des Autels, & intéreſſoit en notre faveur le Dieu qui fait vaincre. Convaincu que les Guerres les plus juſtes ſont toujours un fleau pour un Etat, & une playe pour la Religion, il appelloit la paix de toute l'étendue de ſes vœux; en applaudiſſant à nos glorieux avantages, il ſouhaitoit qu'ils ſerviſſent d'acheminement à une paix durable. Nous l'avons vû franchir tous les obſtacles, & voler à Metz à la premiere nouvelle de cette triſte maladie qui mit la vie du Roi en un ſi grand danger, & qui répandit le trouble, l'éffroi, la conſternation dans tout le Royaume. Nous l'avons vû partager notre joie, joindre ſes actions de grace à nos Cantiques d'allégreſſe, & recevoir avec empreſſement dans ce Temple même notre Auguſte Monarque, lorſqu'environné de la plus brillante Cour, il vint dépoſer aux pieds de Génevieve les Palmes qu'il avoit moiſſonnées

ſonnées tant en Flandre que ſur le Rhin, & rendre au Roi des Rois des hommages publics pour une ſanté dont le rétabliſſement eſt l'ouvrage de nos larmes, le monument de notre amour, & un effet ſenſible de la protection de Dieu ſur cette Monarchie.

Sa Famille lui a été auſſi chére que ſa Patrie. Le premier uſage du loiſir & des épargnes de ſa retraite ne fut-il pas conſacré à mettre ordre aux affaires de ſa maiſon, à en réparer les Finances épuiſées, à acquitter des dettes immenſes, à ſatisfaire tous les créanciers avec une bonne foi digne de l'âge primitif? N'en a-t'il pas étendu les Domaines quand l'occaſion s'en eſt préſentée, & qu'il a cru le pouvoir ſans injuſtice? Peuple du Soiſſonnois, vous vous applaudiſſiez d'être devenus un de ſes nouveaux appanages! Calmez votre douleur; tout le Sang d'Orleans ſe reſſemble: on eſt toujours heureux ſous de tels Maîtres.

Fils reſpectueux, quels égards, quelles attentions n'a-t'il pas témoigné pour une Mere....! Elle les méritoit à toutes ſortes de titres. La mémoire de cette Princeſſe ſi chrétienne, ſi bienfaiſante, ſera toujours en bénédictions. Les riches présens, dont elle a décoré le Tombeau de Géneviéve, parleront en sa faveur, & annonceront aux âges futurs sa piété & notre reconnoissance. Frere tendre ; de quelles larmes n'a-t'il pas arrosé le Cercueil des Princesses ses Sœurs....? L'une eut la destinée de ces belles fleurs qu'un même jour voit éclôre & se faner ; elle vivroit encore si le mérite décidoit du nombre des années : l'autre, digne objet des vœux & de l'attachement d'un Héros qui a fait trembler l'Italie, nous laisse pour consolation le souvenir de son caractère, & un jeune Prince héritier de ses graces & de ses vertus. Que dirai-je de celle, qui célébre par tous les sacrifices qu'elle avoit fait en s'immolant elle-même à Jesus-Christ, est encore regrettée universellement des Pauvres qu'elle aimoit à soulager, & du monde même qu'elle avoit quittée...! Frere généreux ; avec quelle libéralité ne vint-il pas au secours d'une Reine....? Elle avoit commandé à l'Espagne, elle vint édifier la France : elle descendit du Trône avec la même tranquillité qu'elle y étoit montée.... Hélas ! à son seul souvenir les murs de ce Temple se couvrent d'un nouveau deuil...... Anges de

Mlle de Beaujolois.

Mde la Princesse de Conti.

Madame l'Abbesse de Chelles.

paix, qui veillez autour du Tabernacle, vous avez tant de fois porté aux pieds du Trône de l'Eternel le parfum de ses prieres : portez aujourd'hui à cette pieuse Reine dans le séjour de la gloire nos soupirs & nos regrets.

Suis-je donc destiné, MONSEIGNEUR, à r'ouvrir toutes vos anciennes playes, & à donner de nouvelles atteintes à votre sensibilité ? La perte d'un Pere ne vous afflige-t'elle pas assez, sans rappeller tous les coups qu'a portés successivement à votre Maison l'impitoyable mort ! Il vous aimoit tendrement ce Pere, à qui vous venez rendre ici de funebres devoirs avec une piété vraiement filiale. Il vous aimoit tendrement, il vous portoit dans son sein. Lui parloit-on de vous, lui faisoit-on votre éloge ? une impression de joie dont il n'étoit pas le Maître, trahissoit presque malgré lui le secret de son cœur. Il vous aimoit, & il trouvoit bien dans vous de quoi justifier son amour. Il vous aimoit : rappellez-vous ses soins, ses inquiétudes, ses allarmes lorsqu'une maladie dangereuse nous fit craindre pour vos jours. Rappellez-vous mille conjonctures... Mais j'aigris votre douleur, & je ne dois que consoler votre Religion.

Quel plus juste motif de consolation, Messieurs, mais en même, tems quoi de plus propre à nous allarmer sur notre destinée éternelle, que la rigoureuse sévérité avec laquelle LE DUC D'ORLEANS s'est traité lui-même? Justice de mon Dieu! si vous avez fait acheter si cher à ce Prince la Couronne du Ciel, que deviendront toutes les ames mondaines? Hélas! où la vie qu'elles menent peut-elle aboutir? Jugeons de la différence du terme par l'opposition de conduite.

Là, des jours voués à la volupté; des passions d'ignominie, qui corrompent, qui dégradent, qui énervent, qui prennent autant sur la réputation que sur la santé; des plaisirs auxquels on se livre par indolence, par habitude lorsque le goût est épuisé; des plaisirs souvent à charge par leur continuité, & dont la satiété même émousse le sentiment. Ici un éloignement total, une privation universelle de tout ce qui porte le nom de plaisir, de tout ce qui en a l'ombre & l'apparence; une sévérité de mœurs que le plus zélé Anachoréte peut à peine atteindre; un empire sur ses passions, une captivité des sens, qui écarte jusqu'à la tentation même des plus légéres foiblesses.

Là, un cercle d'amuſemens, un enchaînement de bagatelles, à qui on donne le nom impoſant d'occupation, d'affaires ; un eſprit de diſſipation qui étouffe toute réflexion ſolide, qui entraîne tumultueuſement, qui empêche de vivre avec ſoi-même, qui étourdit ſur le terme fatal vers lequel, emporté par le tourbillon, on ſe précipite en aveugle. Des lectures qui ne corrigent point la frivolité de l'eſprit, qui aident la corruption du cœur, qui flatent le penchant à l'irréligion. Ici des méditations profondes ſur les engagemens de l'homme Chrétien, ſur les grands objets de l'éternité ; une uniformité, une liaiſon, une conſéquence dans la conduite qui donnoit tout au devoir, & rien au caprice. Une modeſtie, un recueillement qui rappelloit les autres à eux-mêmes. Une attention ſoutenue à tenir toujours, comme David, ſon ame entre ſes mains, pour réprimer ſes ſaillies, pour diſcuter ſes motifs, pour lui demander compte de ſes moindres mouvemens. Un travail ſérieux, continu, opiniâtre, & peut-être quelquefois exceſſif. Une étude des Langues, ſéche, pénible, rebuttante, & qui étoit pour lui, comme pour Saint Jerôme, moins un effet de la curioſité, qu'une reſſource de pénitence.

Là, tout annonce le luxe, tout reſpire la moleſſe : ici, une ſimplicité qui paſſe l'imagination. Tout ce qu'il y a de plus commun ; à peine le néceſſair. Un logement étroit, incommode, plutôt la Cellule d'un Cénobite que la demeure d'un Grand Prince ; une table frugale, ſans apprêts & qui cachoit le mérite de la mortification, ſous le prétexte du régime ; un lit moins propre à provoquer le ſommeil, qu'à affliger le corps par un nouveau genre de macération. Malgré le dépériſſement de ſa ſanté, malgré ſes infirmités habituelles, on n'a jamais pû le réſoudre à être plus indulgent pour lui même ſur cet article. Lui diſoit-on que les Médecins regardoient cette mitigation comme néceſſaire? » Les Médecins, répondoit-il, » ſont trop occupés du corps ; plus on approche du » terme, plus on doit rédoubler de zéle. C'eſt dans » les bras de la Pénitence qu'il faut que meure un vé- » ritable Chrétien. Quelques heures avant ſa mort, (permettez-moi encore ce trait, Meſſieurs, il vous prouvera à quel haut degré ce Prince a porté l'amour de la Croix, le renoncement à lui-même ; & j'ai la conſolation dans ce diſcours, triſte effuſion de mon attachement, de mon reſpect, de mes regrets, j'ai la consolation de ne rien dire que je n'aye vû, que je n'aye entendu, dont je n'aye été mille fois le témoin,) quelques heures avant sa mort, comme on lui représentoit que sa foiblesse exigeoit un siége plus commode, que celui dont il se servoit ordinairement, il répondit, » qu'il avoit » toujours fait consister une partie de sa Pénitence » à se tenir dans une situation génante, & qu'il » vouloit y persévérer jusqu'au dernier soupir.

Après une vie aussi Evangelique, aussi austère, aussi crucifiée, qu'attendez-vous du Prince, Messieurs? Qu'il se tranquillise sur les égaremens d'un âge où la vivacité emporte? qu'il cesse de les pleu- 2. Tim. 4.
rer? qu'il dise avec Paul: J'ai combatu, ma course 7.
s'acheve, j'attends la Couronne de Justice? qu'il encourage avec Hylarion son ame à ne plus craindre? Ah! le souvenir de quelques années perdues dans le siécle & la dissipation ne peut s'effacer de son esprit; ses premiéres foiblesses lui sont toujours présentes. Le trait de componction qui a blessé son cœur, y laisse une profonde cicatrice; il ne pense qu'aux péchés de sa jeunesse; il ne parle que des péchés de sa jeunesse; il en fait dans son testament un humble aveu, une réparation publi-

que, & il y déclare dans l'amertume de son ame, qu'il n'en a pas encore fait *une pénitence proportionnée* : ce sont ces propres termes. O parole digne d'être gravée, non sur le marbre & l'airain, mais dans le cœur de tous ceux qui ont eu le malheur de suivre les desirs des passions! *Il n'a pas fait une pénitence proportionnée!* Que n'avez-vous donc point à craindre, ô vous! qui du sein de la mondanité, de la molesse & du crime, ne connoissez point d'autre retour vers Dieu que la cérémonie d'une confession superficielle, & n'emportez souvent avec vous dans l'éternité d'autres œuvres de pénitence qu'une participation équivoque & précipitée au Sacrement des Justes. *Il n'a pas fait une pénitence proportionnée!* Tu traitois cependant, ô monde, sa conduite d'indiscrétion. Ah! apprends ce que c'est que le péché ; apprends ce que le Ciel doit coûter à un Chrétien, & tu t'étonneras non des violences que se font les Saints, mais de l'aveugle sécurité où tu vis toi-même. Elle sera troublée par les terreurs de la mort, cette aveugle sécurité. A ce triste moment périra pour toujours ce qui n'a point été sacrifié par religion. A ce triste moment s'évanouiront tous les vains phantômes de de gloire. LE DUC D'ORLEANS s'en eſt acquiſe une durable & ſolide, que la mort ne ſçauroit obſcurcir. C'eſt ce qui me reſte à vous développer.

SECOND POINT.

APRE'S avoir dépouillé un Grand, la mort le livre au jugement de ſon ſiécle & de la poſtérité, pour apprécier ſon mérite, le peſer lui-même au poids de la réalité, & aſſigner la place qu'il doit occuper dans l'eſtime des hommes. Les titres une fois évanouis, les qualités perſonnelles demeurent, & ſervent à conſtater la gloire ou l'opprobre. Plus de nuages éblouiſſans qui dérobent ſes foibles, plus de complaiſance qui les excuſe, plus d'adulation qui les canoniſe. Alors, comme on n'a rien à eſpérer ni à craindre, l'Hiſtoire arme contre lui toute la force de la vérité. Le Peuple, qui ne s'eſt peut-être apperçu de ſa grandeur qu'à la peſanteur du joug, n'eſt porté ni à regretter ſa perte, ni à reſpecter ſa mémoire. La Religion dont il a été ſouvent le fléau & le ſcandale, gémit, ne s'exprime point : mais que ſon ſilence & ſa douleur diſent de choſes à qui ſçait les entendre !

Ab auditione mala non timebit. *Ps. 111. 7.*

Il n'en est pas ainsi du Juste de l'Ecriture : il n'en est pas ainsi du Prince que je loue ; son mérite est à l'épreuve de toute censure, il peut soutenir sans risque l'œil de l'examen le plus sévere. Bien loin de flétrir sa gloire, la mort lui donne un nouveau lustre, la mort y met le dernier sceau. Grand par lui-même, indépendamment de tous ces titres passagers qui se perdent dans l'ombre du tombeau ; grand par ses sentimens, par ses bienfaits, par sa piété, il n'a rien à craindre ni de la sincérité de l'histoire, ni du mécontentement des peuples, ni des jugemens secrets de la Religion. Une mort trop prompte nous l'enleve ; mais il vivra dans le souvenir des Sçavans, par la protection dont il a honoré les Sciences ; il vivra dans le cœur des pauvres, par les secours abondans qu'il leur a procurés ; il vivra dans les fastes de l'Eglise, par l'édification que son éminente piété a donnée.

Quand je vous représente MONSEIGNEUR LE DUC D'ORLEANS comme un des Protecteurs les plus zélés que les Sciences ayent eus, ne vous figurez pas un Prince, qui sans choix, sans discernement, se laissoit éblouir à la premiére lueur,

& ne penſoit qu'à acheter par des profuſions mal placées la foible gloire d'être l'idole des Sçavans. Une profondeur de jugement qui lui étoit propre, & qui l'empêchoit de prendre le change, lui avoit appris que ſi les Sciences ſont reſpectables en elles-mêmes, rien n'eſt plus commun que l'abus de ce nom, rien n'eſt plus faux que l'application que l'on en fait tous les jours. Il ſçavoit que le Très-Haut, qui dans l'Ecriture ne dédaigne pas de s'appeller le Dieu des Sciences, n'a communiqué aux hommes des connoiſſances & des lumiéres, que pour l'utilité commune, que pour le progrès de la Religion; & que quiconque s'écarte de cette double deſtination, paſsât-il pour un prodige, n'eſt, dit l'Apôtre, qu'un ignorant préſomptueux. Auſſi n'honoroit-il de ſon ſuffrage, n'animoit-il par des largeſſes, que ce qui pouvoit procurer des avantages réels au Public & à la Religion. Il n'approuvoit pas que l'on bornât ſes recherches à des connoiſſances vaines, ſtériles, & qui ne ménent à rien. Il diſoit que de tels hommes s'épuiſoient en pure perte, & que perſonne ne leur tenoit compte de leur travail. Juſte appréciateur des talens, il en peſoit le degré, il en démêloit le fri-

Deus ſcientiarum Dominus eſt. *I. Reg.* 2. 3.

Superbus eſt nihil ſciens. 1. *Tim*. 6. 4.

vole, il en récompensoit l'utile. Quoique sensible aux graces touchantes de la Poësie, quoique parfaitement instruit de ce que les Belles-Lettres ont de délicatesse & d'aménité, il donnoit rarement accès chez lui à ceux qui n'excelloient que dans ce genre d'étude. Les Belles-Lettres lui paroissoient un moyen plûtôt qu'une fin : d'ailleurs une raison personnelle lui faisoit éviter les Poëtes, ils sont presque toujours tentés de louer.

C'est par dévouement au bien de la Société, qu'il a payé au poids de l'or tant de secrets utiles, tant de remédes éprouvés, pour faciliter les guérisons, & enrichir la Médecine. Il auroit voulu pouvoir répandre de nouvelles lumiéres sur les ténébres d'un Art qui marche souvent à l'aveugle, & qui connoît moins qu'il ne conjecture. Il avoit
3. Reg. 4. 33. étudié, comme Salomon, les propriétés de toutes les plantes, depuis le cédre jusqu'à l'hyssope. Tributaires de son zéle, les climats les plus éloignés lui envoyoient tout ce que leur terrein produit de plus rare en ce genre. Il recevoit ces trésors de la nature avec reconnoissance; il les faisoit cultiver avec soin, non par un vain amusement, mais afin que le Citoyen malade pût en profiter.

Ses jardins, il les destinoit à être la ressource générale des Hôpitaux. Que de sages établissemens multipliés ! Que de Colléges érigés ! Que de places fondées pour l'éducation de la jeunesse ! Vous le sçavez, ô Provinces, qui êtes redevables d'une partie de votre lustre à ses fondations ! Tu le sçais, ô Versailles, ville si glorieuse du séjour habituel de nos Rois ! Si les Sciences ont un asyle public dans ton sein, si tes enfans ne sont plus obligés d'aller chercher ailleurs le secours des leçons & des Maîtres, c'est au DUC D'ORLEANS que tu le dois.

Il étoit persuadé que la destinée d'un Royaume dépend de la maniére dont on éleve les jeunes gens qui en sont la fleur & l'espérance. Jugez, Messieurs, combien il applaudit au projet de cette Ecole fameuse, qui promet & prépare à la jeune Noblesse l'éducation la plus brillante & la plus solide : jugez avec quelle satisfaction il en vit jetter les premiers fondemens ; avec quelle joye il auroit vû avant de mourir l'exécution parfaite d'un aussi beau plan. Il regardoit cet important dessein comme une de ces glorieuses anecdotes, capables d'égaler le siécle de LOUIS LE BIEN AIMÉ au ſiécle de LOUIS LE GRAND. L'un a ouvert un refuge à de braves Guerriers, courbés ſous le faix des ans, uſés par les combats, couronnés mille fois par la victoire ; l'autre érige un lieu d'exercice où les ſiens apprendront, preſqu'en naiſſant, à combattre & à vaincre. L'un a ſçu récompenſer de fidéles ſujets ; l'autre travaille même à les rendre dignes de la récompenſe. Le premier établiſſement immortaliſe la reconnoiſſance & l'humanité de LOUIS XIV. le ſecond marque dans LOUIS XV. une ſage prévoyance & une prudente activité. Ces deux monumens voiſins l'un de l'autre, annonceront à l'envi la gloire de deux regnes ſucceſſifs, où le Nom François a eu tant d'heureuſes époques d'illuſtration.

Mais ſi LE DUC D'ORLEANS dans la protection dont il honoroit les Sciences, avoit égard au bien de la Société ; les intérêts de la Religion le touchoient encore plus vivement. Un homme qui travailloit à en faire connoître la vérité, à en développer les preuves, à en confondre les adverſaires, lui étoit précieux. Paroiſſoit-il quelque ouvrage lumineux, approfondi, plein de l'eſprit de la foi ? ah ! toute ſon inquiétude étoit de s'informer des beſoins & de la ſituation de l'Auteur; & ſes bienfaits alloient chercher juſques dans le réduit le plus obſcur le Sçavant Chrétien, qui dans un ſiécle comme le nôtre, avoit oſé ſe montrer le Défenſeur & l'Apologiſte de la Religion. Il déploroit, mais avec une amertume, mais avec une douleur inexprimable ce goût pervers d'incrédulité, qui ne prend aujourd'hui que trop de faveur dans le monde. Il déteſtoit ces génies ſuperficiels dont une imagination fougueuſe, ſans régles, ſans flegme, fait l'unique talent; qui croyent raiſonner juſte, parce qu'ils s'expriment avec élégance; convaincre, parce qu'ils ſéduiſent; & qui réunis de concert contre notre Sainte Religion, ſont convenus entr'eux de ne briller qu'à ſes dépens, & de ſe faire lire par les traits ſaillans d'impiété dont ils aſſaiſſonnent leurs écrits. Quoi! diſoit-il, pour qu'un livre ſoit à la mode, il faut qu'il heurte de front les principes les plus avérés! Quoi! on ne peut être cenſé avoir de l'eſprit, ſans en manquer dans le point eſſentiel! Dans ſa plus extrême foibleſſe j'ai vû le zéle & l'indignation lui donner des forces, lui ſuggérer des paroles de feu à la ſeule lecture de quelques propoſitions, qui ſous de captieuſes enveloppes cachoient tout le venin du Deïſme. Il mourut content lorſqu'il vit le jugement qu'il en avoit porté lui-même, juſtifié par les décrets du Sénat, par les foudres de l'Egliſe & par les Cenſures de la Faculté de Théologie....

A ce nom, Meſſieurs, de nouvelles idées viennent ſe préſenter à votre eſprit. Vous vous rapellez cette Chaire de Langue Hébraique dont la générosité de ce Grand Prince vient de décorer la Sorbonne. Graces à ſes ſoins, de doctes Eléves apprendront à puiſer dans les premiéres ſources la ſcience néceſſaire de l'Ecriture. Graces à ſes ſoins, on verra réfleurir en France, au profit de la Religion, l'étude d'une Langue trop utile, trop reſpectable, pour être auſſi négligée qu'elle l'a été depuis pluſieurs ſiécles. Un pareil établiſſement aſſure l'immortalité au Prince qui en eſt l'Auteur. Son nom volera ſur les aîles de la reconnoiſſance juſqu'à la poſtérité la plus reculée ; la Sorbonne publiera de ſiécles en ſiécles cette glorieuſe marque de bienveillance. Illuſtre déja par les faveurs d'un Grand Cardinal, le Miniſtre & preſque le Sauveur de la France, elle le devient encore davantage par les bienfaits de l'Arrierre-petit-fils de Louis XIII. Un

Un Prince, auſſi grand Zélateur des Sciences, ne pouvoit être lui-même qu'un Prince très-ſçavant. Si vous en doutiez, Meſſieurs, je vous dirois que perſonne ne poſſédoit mieux que lui toutes les Langues meres; que ſur chaque genre de connoiſſances il avoit des lumiéres à étonner les Maîtres de l'Art. Je vous parlerois de pluſieurs ouvrages que ſa plume féconde a enfantés; d'un Traité ſur les Spectacles, où il prouve combien ce plaiſir prétendu innocent, eſt contraire à l'eſprit du Chriſtianiſme; d'une Diſſertation contre les Juifs, capable de leur ouvrir les yeux, ſi un voile vangeur ne leur fermoit encore tout accès à la lumiére; d'un Commentaire ſuivi ſur les Epitres de Saint Paul & les Pſeaumes de David, où l'eſprit eſt frappé des recherches, & le cœur attendri par l'onction. Mais ce que je ne puis omettre, c'eſt que ſa vaſte érudition ne lui donna jamais une plus haute idée de lui-même; qu'il étoit Sçavant ſans faſte, ſans étalage, ſans entêtement; qu'il avoit l'humilité d'écouter la critique, & la grandeur d'en profiter.

Que les Sçavans lui érigent donc des trophées dans leurs doctes écrits. Celui que ſes aumônes lui assurent dans le cœur des pauvres, est encore plus glorieux & plus durable.

Il semble, Messieurs, que Dieu, pour la consolation de son peuple, se plaise à produire de tems en tems sur la terre des hommes de miséricorde, célébres par les effusions de leur charité, & dont la principale vocation soit de balancer par d'intarrissables secours toutes les calamités du siécle où ils vivent. Un homme de ce caractère est un présent du Ciel, un bienfait public. Tel un Job.... La compassion étoit née avec lui, l'âge n'avoit fait que fortifier cet heureux penchant. Œil de l'aveugle, pied de boiteux, refuge toujours assuré aux miserables, ses jours se comptoient par les maux ausquels il avoit remédié. Tel un Tobie.... Il adoucissoit à ses freres par des soins & des largesses le poids d'une dure captivité. Au lit de la mort son unique sollicitude tendoit à laisser dans le monde après lui un fils héritier de ses sentimens, continuateur de ses aumônes. Tel un Duc d'Orleans.... N'a-t'il pas eu l'avantage de se voir la ressource générale, le restaurateur de tous les désastres, de toutes les infortunes, l'ami des pauvres, la Bénédiction de son siecle, l'homme de la Providence, le Pere universel! Secourable Joseph, c'est à lui que le Dieu des Rois commandoit que l'on s'adressât! C'est sur sa prévoyance & sa libéralité qu'il se reposoit de la subsistance des indigens : *Ite ad Joseph.* Le premier effet de la grace sur son cœur, vous le sçavez, Messieurs, fut de l'attendrir, & de lui inspirer le noble dessein de tendre une main propice à toutes les miseres qui viendroient à sa connoissance. Il ne fit des retranchemens aussi considérables, il ne se réduisit à une aussi grande simplicité que dans cette vûe. Il s'appliqua personnellement ces paroles du Pseaume; il crut entendre Jesus-Christ qui lui disoit : *Tibi derelictus est pauper* : je remets entre vos mains, je confie à votre charité mes pauvres, la portion la plus chere de mon héritage. Ceux que je leur avois donné pour Peres, sont devenus la plûpart leurs Tyrans : le luxe, les plaisirs, les crimes absorbent des fonds destinés à les nourrir. Remplacez à leur égard tous ces dépositaires infidéles : *Tibi derelictus est pauper.* Que d'autres mettent leur gloire à gagner des Batailles : faites consister la vôtre à prodiguer des graces. Ils répandent du sang : & vous essuyerez des larmes. Ils sont l'effroi de la terre : &

Gen. 41. 55.

Psal. 9. 14.

vous ſerez les délices de l'humanité. Ils portent la déſolation dans le ſein des familles : & la veuve trouvera en vous un protecteur, l'orphelin un appui : *Orphano tu eris adjutor*.

Ibid.

En effet, Meſſieurs, le Héros Guerrier eſt l'image de la Puiſſance du Dieu terrible ; mais ce même Dieu a peint dans l'homme charitable les attributs bienfaiſans qui nous engagent à l'aimer. L'un n'imite que les éclats de ſon tonnere ; l'autre nous exprime ſa tendreſſe paternelle : l'un eſt le miniſtre de ſes vengeances ; l'autre, l'inſtrument de ſa bonté. Les Citoyens ne ſouffrent que trop ſouvent des ſervices que le Héros rend à ſa Patrie : ce n'eſt qu'aux dépens de ſes biens, de ſes plaiſirs, de ſes commodités que l'homme charitable aſſiſte les malheureux. Dans les ſuccès les plus importans, l'allégreſſe de l'un eſt toujours troublée par des pleurs & des ſoupirs confus qui lui redemandent un Frere, un Fils, un Epoux : l'aſpect de l'autre n'excite que des tranſports de reconnoiſſance ; point de triſte ſouvenir qui corrompe, point de nuage qui obſcurciſſe la joie que l'on a de le voir. Les Lauriers de l'un ont plus d'éclat ; le triomphe de l'autre eſt plus flateur. On auroit oublié Titus, s'il n'avoit que détruit Jérusalem : son heureux penchant à obliger est ce qui l'immortalise.

Concevez-vous rien de plus consolant, Messieurs, que l'accueil que reçevoit LE DUC D'ORLEANS, toutes les fois qu'il paroissoit en public ? Ce n'étoit point de ces acclamations vagues, trop équivoques pour flater. C'étoit un hommage secret d'amour & de gratitude ; une expression muette, mais vive de tout ce que l'ame peut sentir de plus tendre & de plus sincére. On s'arrêtoit pour considérer, pour bénir un Prince envoyé du Ciel au secours des misérables. Il ne rencontroit sur son chemin que des gens dont il étoit le bienfaiteur, ou dont il pouvoit le devenir. Chacun comptoit en le voyant les graces qu'il en avoit reçûes, ou celles qu'il en attendoit ; tous se réunissoient à former des vœux pour la conservation d'une vie aussi précieuse.

Que j'aime à me le représenter dans ces audiences journalieres, où environné d'une foule de Pauvres, confident de leurs peines, dépositaire de leurs soupirs, il les recevoit avec clémence, les écoutoit avec bonté, & renvoyoit consolés ceux qu'il ne pouvoit renvoyer entiérement satisfaits ! Quand on ne considéreroit ici que le Prince, que l'homme, on est touché, attendri ; il est si beau de travailler à faire des heureux ! Est-il un usage plus noble du cœur, que de compatir ? un emploi plus satisfaisant des richesses, que de donner ? Mais LE DUC D'ORLEANS ne se bornoit pas aux seuls sentimens de l'humanité. Cherchons le Chrétien dans ses aumônes : & la sublimité de ses motifs nous frappera d'admiration. Plein de respect pour les pauvres, il les regardoit comme les membres privilégiés du Sauveur, comme les héritiers de sa Croix, comme des images vivantes d'un Dieu souffrant ; il tenoit à honneur de les entendre & leur parler ; il se dédommageoit en quelque sorte de l'absence de Jesus-Christ en conversant avec ces hommes de douleur qui le représentent sur la terre. De-là ces immenses profusions qu'il avoit dessein d'augmenter au double, si le Ciel lui eût laissé des jours. De-là cette condescendance que l'importunité même ne laissoit point. Aux heures où il avoit coutume de descendre, les approches de sa retraite res-

ſembloient aux portiques de la Piſcine de Jéru- Jean. 5.
ſalem. Des affligés de toute eſpéce y couroient, & de la Ville & des Provinces. Ils attendoient que l'Ange Tutélaire parût; l'Ange venoit, & leur eſpérance étoit comblée. Les prodiges de ſa charité ne ſe reſtraignoient pas au ſoulagement d'un ſeul. On n'avoit beſoin ni de médiateur, ni de recommandations auprès de lui; pour approcher, pour obtenir un accès favorable, il ſuffiſoit d'être malheureux.

N'exigez pas, Meſſieurs, que je vous détaille toutes les formes différentes que prenoit ſa charité infatigable; que je ſuppute les ſommes prodigieuſes qu'il conſacroit toutes les années à de bonnes œuvres; que je circonſtancie mille traits de généroſité qu'il défendoit lui-même que l'on publiât, & qui ſont écrits au Livre de vie. Je laiſſe parler ici à ma place la voix publique, Paris, la France, que dis-je! le nouveau monde où ſes bienfaits ont pénétré. Continuez ſon éloge, Maiſons illuſtres qu'il a ſoutenues ſur le penchant de leur ruine, dont il a relevé les débris, dont il a empêché la décadence par de ſecretes prodigalités! Pénitentes heureuſes qui avez trouvé dans

ſa charité de plus riches reſſources que dans le
crime, vous qu'il a conduites du Theâtre au Cloî-
tre, de l'abus des talens aux larmes de la componction ! Familles malaiſées dont il a établi les
enfans, dont il a calmé les inquiétudes ! Vierges
ſacrées qui lui devez votre innocence & l'honneur
d'être admiſes au nombre des épouſes de Jeſus-
3.Reg.17. Chriſt ! Veuves déſolées dont ce nouvel Elie a
multiplié la ſubſiſtance & changé le déſeſpoir en
actions de grace. Donnez l'eſſor à votre reconnoiſſance, Provinces de ſon Appanage; publiez
à ſa gloire que toutes les fois que les débordemens
ſubits d'un fleuve capricieux noyoient vos moiſſons, ou que l'inclémence du Ciel frappoit vos
Campagnes de ſtérilité, ce Prince charitable vous
rendoit & vos fruits & vos moiſſons; qu'il rem-
plaçoit par des largeſſes proportionnées des pertes
qui paroiſſoient irréparables; & que riche de ſes
dons, le Laboureur ne s'appercevoit preſque pas
que la terre lui eût été ingrate.

Hélas, Meſſieurs, les aumônes de la pieuſe
Act. 9. Dorcas, les habits & les tuniques dont elle revê-
toit les veuves, ont été aſſez efficaces pour que
Pierre obtînt du Ciel le miracle de ſa réſurrection,
&

& la rendit aux voeux des fidéles de Joppé. Comment donc tant de ſecours que LE DUC D'ORLEANS a prodigués, tant de crimes qu'il a prévenus, tant de converſions qu'il a encouragées, comment tant de prodiges de miſéricorde n'ont-ils pû même obtenir la prolongation de ſes jours? O mon Dieu! vous nous l'aviez donné dans votre bonté, vous le retirez dans votre colére; ſenſible aux maux de votre peuple, vous le lui aviez envoyé comme un Libérateur; indigné de nos offenſes vous vous êtes hâté de le rappeller à vous. Non ſans doute, notre ſiecle n'étoit pas digne de poſſéder plus long-tems ce tréſor de charité, ce modéle de la piété la plus éminente.

Je puis le dire, Meſſieurs, ſans que la vérité m'accuſe d'exagérer: depuis Saint Louis l'Egliſe de France n'a point eu de Prince plus pieux, plus édifiant, plus Chrétien. J'en atteſte ce Temple Auguſte où je parle; j'en atteſte le Temple voiſin, qui tous deux témoins de ſon zéle, ont admiré la ferveur de ſa piété, & reſpirent encore la bonne odeur que ſes grands exemples y ont répandue. Si vous parcouriez avec moi ces deux Temples, ſous chaque pas naîtroient de nouveaux ſujets de louan-

ge, de nouveaux prodiges à raconter. Voici le lieu, vous dirois-je, où prévenant tous les jours le lever du Soleil, il venoit répandre son ame devant le Seigneur, appeller la grace au secours de ses foiblesses, nourrir & attiser par de saintes méditations le feu divin qui le consumoit. C'est aux pieds de cet Autel qu'abîmé, anéanti il s'immoloit avec Jesus-Christ dans le redoutable sacrifice, & participoit plusieurs fois la semaine à la chair de l'Agneau immaculé. Ici, sans suite, sans appareil, sans aucune des prééminences dûes à son rang, il assistoit aux Offices publics avec une régularité, avec une édification qui instruisoit les Lévites eux-mêmes;
Psal. 83. 11. plus heureux comme David d'être le dernier dans la Maison du Seigneur, que de donner la Loi dans le séjour de l'iniquité. Là, mêlé, confondu avec le simple peuple, il écoutoit humblement la parole de vie qui sauve nos ames, & n'étoit distingué que par un air plus pénétré, que par un recueillement plus profond.

Les actes extérieurs de Religion ne sont comptés, ne méritent qu'autant que le cœur les avoue & les produit. Que ne puis-je vous montrer LE DUC D'ORLEANS tout entier, en vous ouvrant

le ſanctuaire de ſon cœur ! Connoiſſez l'élévation de ſes ſentimens ; & les exercices de ſa ferveur ne vous étonneront plus. Peſez le degré de ſon amour ; & vous lui pardonnerez juſqu'à ſes pieuſes indiſcrétions. Un Prince auſſi intimement convaincu de la grandeur de Dieu & du néant de l'homme, auſſi touché de ſes propres miſéres, auſſi perſuadé qu'il n'y a devant l'Eternel acception de perſonne, & que l'unique privilége des Puiſſans du ſiécle, eſt d'avoir de plus terribles comptes à rendre, de plus rigoureux ſupplices à craindre ; un Sap. 6. 7.
Prince auſſi inſtruit du Miſtère ineffable de l'Homme-Dieu, auſſi occupé de Jeſus-Chriſt, auſſi reconnoiſſant de ſes bienfaits, auſſi plein de confiance dans les mérites de ſon Sang ; un Prince qui avoit étudié toute l'économie de notre Religion, qui en avoit approfondi les preuves, qui en connoiſſoit l'eſprit, qui en ſuivoit les maximes, qui eſpéroit dans ſes promeſſes : ah ! il eſt impoſſible que la piété d'un Prince de ce caractère ſe renferme dans des bornes communes. Il faut que la charité qui l'embraſe, perce, éclate, prenne l'eſſor le plus ſublime. Ce n'eſt qu'aux pieds de Jeſus-Chriſt, ce n'eſt qu'en parlant à Jeſus-Chriſt, en écoutant

Jesus-Christ, en s'unissant à Jesus-Christ par la Communion, que son ame peut goûter quelque douceur, quelque repos. Que ceux qui ont moins de lumiéres & d'amour usent de ménagement & de reserve; pour lui il ne connoît qu'une maniere d'aimer, c'est d'aimer sans mesure. On le respecte, on le préconise comme un prodige; mais lui qui ne juge de ses actions que par ses desirs, souffre, gémit de se voir encore au-dessous de ce que son cœur lui dit qu'il devoit être.

Je sçais Messieurs que je parle ici un langage bien étranger au monde. Je sçais que le monde est naturellement peu porté à approuver ces excès prétendus de dévotion, & que s'il n'ose pas les condamner ouvertement par un reste de bienséance, il voudroit que l'on lui en épargnât du moins le détail, & que, dans l'éloge d'unPrince, on glissât légerement sur cet article, presque comme sur une foiblesse. Le monde n'aime que les vertus qui brillent, qui frappent, & où la vanité est, pour ainsi dire, de moitié. Mais par quel étrange rafinement, ce qui fait la gloire, le bonheur, le tout de l'homme, seroit-il devenu un opprobre & une flétrissure? Il est honorable de servir les Rois de la terre avec zéle ; & il feroit honteux de fervir avec piété le Roi des Rois ! Après avoir combattu les ennemis d'Ifrael, David rougiffoit-il d'arrofer fon lit de fes larmes, d'humilier fon ame dans la priere, & d'accorder avec le fon de la Harpe ces beaux Cantiques, tendres effufions d'un cœur plein de foi & d'amour ? Les louanges que l'Ecriture donne aux faints tranfports de fon zéle, ne le vengent-elles pas de la fauffe délicateffe de l'orgueilleufe Michol ! 1. Par. 15. 29.

Eglife de Jefus-Chrift, fainte Sion, il faifoit votre joye, ce Prince qui fait aujourd'hui l'objet de nos regrets. Il contribuoit à adoucir l'amertume, à effuyer les larmes qui depuis longtems femblent être votre partage. Vous le montriez avec une efpéce de complaifance à vos ennemis. Sa tendreffe & fa fidélité vous dédommageoient de l'indifférence & des prévarications de la plûpart de vos enfans. Vous fondiez fur lui les efpérances les plus douces : il mettra, difiez-vous, la vertu en honneur ; il rendra par fon exemple la piété refpectable. On ne la regardera plus comme la reffource des gens obfcurs & deftitués de talens. Il levera le fcandale de ce miférable préjugé, écueil terrible pour les foibles. Qui pourra rougir d'être à Jeſus-Chriſt, quand il verra un Prince de ce rang en faire une profeſſion publique ! . . . Hélas ! vainement vous flatiez-vous. Toutes vos eſpérances ſe ſont évanouies avec ſes jours trop tôt terminés. Une partie de votre gloire eſt deſcendue avec lui dans le Tombeau.

Je touche, malgré moi, Meſſieurs, à l'inſtant fatal qui nous l'a enlevé. La mort n'avoit ſans doute rien d'effrayant pour un Prince qui s'y préparoit depuis tant d'années. On lui annonça qu'elle approchoit, & il l'apprit ſans pâlir; il reçut avec une ſainte joye cette nouvelle ſi attriſtante pour les Grands du monde, & qu'une cruelle politique leur diſſimule ordinairement juſqu'à la derniere extrêmité : elle ne fit point ſur lui la même impreſſion de terreur que ſur le Roi Ezechias. Plus
Iſaie 38. ferme, moins attaché à la vie que ce Prince de Juda, LE DUC D'ORLEANS ne ſe plaignit point de voir la trame de ſes jours coupée au milieu de ſa carriere ; le poids de ſon exil lui peſoit : il ſoupiroit après ſa parfaite délivrance. La multiplicité de ſes bonnes œuvres ne lui ſervit point de prétexte pour engager le Seigneur à le laiſſer

encore sur la terre ; il sçavoit que tant que l'ame habite cette maison de boue, elle risque toujours de perdre le trésor de la grace. Il oublia ses vertus, & ne se souvint que de ses péchés pour les pleurer de nouveau. Il se disposa au terrible passage par un redoublement de pénitence ; la diminution de ses forces ne rallentit rien de la ferveur de sa piété ; sa foi n'en devint que plus lumineuse au milieu des ombres de la mort ; l'ame s'élevoit par degrés sur les ruines du corps ; dégagée de la matiére, elle s'élançoit d'un vol rapide vers le Ciel, & sembloit déja jouir de ce qu'elle avoit toujours desiré.

Vous dirai-je, Messieurs, que tout le tems que dura sa derniere maladie, on ne le vit ni moins fréquemment, ni avec moins de continuité dans le Temple ; que pouvant à peine se soutenir, que n'étant plus que l'ombre de lui-même, il se faisoit encore traîner aux pieds des Autels, pour y épancher la plénitude de son cœur, pour y recevoir l'auguste Victime de propitiation ? Vous dirai-je que la surveille de sa mort, après qu'on lui eut administré les derniers secours que la charité de l'Eglise accorde aux mourans, il vint en-

core nous édifier par sa présence, joindre ses prieres aux nôtres, & célébrer avec l'Eglise le Mystére attendrissant de la Présentation de Jesus-Christ au Temple ! Ah ! qui pourroit exprimer ce que son ame sentit dans ces précieux momens, qui furent les dernieres marques publiques qu'il donna de sa fervente piété ? C'est-là qu'animé par de grands exemples, il se soumit avec Marie au coup du glaive de douleur; il ratifia, comme Jesus-Christ, par une libre acceptation, l'Arrêt de mort prononcé contre lui, & qui commençoit déja à s'exécuter. C'est-là que pénétré des mêmes sentimens que Simeon, il hâtoit par ses vœux la consommation de son sacrifice, & conjuroit le Seigneur de le laisser aller en paix, puisqu'il avoit eu la consolation de voir, d'adorer encore une fois l'Agneau qui s'immole pour
Luc 2. nos péchés ? *Nunc dimittis servum tuum.* Vous dirai-je que dans l'état de langueur & de consomption où il étoit réduit, sa plus sensible peine étoit de ne pouvoir plus écouter les Pauvres, & descendre à leur secours; que si la mort lui coûta un regret, il fut tout entier en leur faveur ? Quoique mûr pour l'éternité, sa tendresse pour

pour eux l'auroit presque fait consentir à voir prolonger les jours de son pélerinage. Vous dirai-je que sa tranquillité jusqu'au dernier soupir, venoit de la pureté d'une bonne conscience, & d'une ferme espérance de la résurrection future? Rien de plus beau que la maniere dont il s'exprime dans son testament, que la profession de foi qu'il y a insérée sur ce dogme fondamental. On croiroit entendre parler un Job, un Paul, un Tertullien.

Mais quoi! le Ciel sera donc inexorable à nos vœux! les gémissemens du pauvre, les supplications publiques, la puissante intercession de Genevieve, la piété, la persévérance, les soupirs d'un Fils, qui vient tous les jours dans ce Temple le redemander à l'Eternel, rien ne pourra nous conserver, nous rendre un Prince dont nous acheterions la vie aux dépens de la nôtre? Il est donc déterminé que nous le perdrons.....! Ici, Messieurs, mon esprit se trouble, mes idées se confondent, un surcroit d'amertume me laisse à peine la liberté de m'exprimer.

Quel moment, MONSEIGNEUR, que celui où nous vous vîmes, où nous vîmes l'auguste Princeſſe qui vous eſt unie par de ſaints nœuds, environner le lit d'un pere mourant pour y recevoir ſa bénédiction ! Vous teniez tous deux entre vos bras les précieux gages de votre tendreſſe : un jeune Prince .... qu'il vive, il eſt l'eſpérance d'un Sang qui nous eſt cher. Une jeune Princeſſe ..... la ſenſibilité étoit déja peinte ſur ſon viſage, la voix attendriſſante de la nature pour ſe faire entendre ne compte pas les années. Ah ! que ce triſte moment, MONSEIGNEUR, a bien ſervi à développer toute la bonté, toute la candeur de votre ame ; que vos ſentimens alors furent vifs, tendres, ſinceres, reſpectueux ! Ils vous ont aſſuré l'eſtime, la vénération ..... Permettez-moi de le dire, ils vous ont gagné le cœur de tous ceux qui en ont été témoins.

Mais tirons un voile ſur de ſi lugubres objets, ne penſons qu'à achever les ſaints Myſtères .... Miniſtres du Dieu vivant, offrez-les avec confiance : tant de bonnes œuvres, des aumônes auſſi abondantes, ſa piété, ſa pénitence nous donnent les plus juſtes ſujets d'eſpérer. Recevez, ô mon Dieu, dans le ſein d'Abraham ce digne héritier de ſa foi. S'il lui reſtoit encore des taches à purifier (car vos jugemens ſont auſſi terribles qu'impénétrables) écoutez les larmes de mille malheureux, elles l'ont toûjours trouvé ſenſible. Ecoutez les prieres de votre Egliſe, il en a été l'ornement & la conſolation. Ecoutez la voix du Sang de votre Fils, qui du milieu de cet Autel où il va couler, crie en ſa faveur, & ſollicite votre miſéricorde.

FIN.

APPROBATION.

J'Ai lû par l'ordre de Monſeigneur le Chancelier, *l'Oraiſon Funébre* de Très-haut, Très-Puiſſant & Très-excellent Prince LOUIS D'ORLEANS, DUC D'ORLEANS, Premier Prince du Sang. L'eſprit de Dieu qui avoit conduit l'Auguſte Prince dans ſa retraite pour ne s'y occuper que de la ſcience des Saints, l'a fait triompher de la mort, en lui apprenant à mourir à ſoi-même & à toutes les grandeurs humaines. Je n'y ai rien trouvé qui puiſſe en empêcher l'impreſſion. A Paris ce 25. Mars 1752.

SALMON, *Docteur de la Maiſon & Société de Sorbonne.*

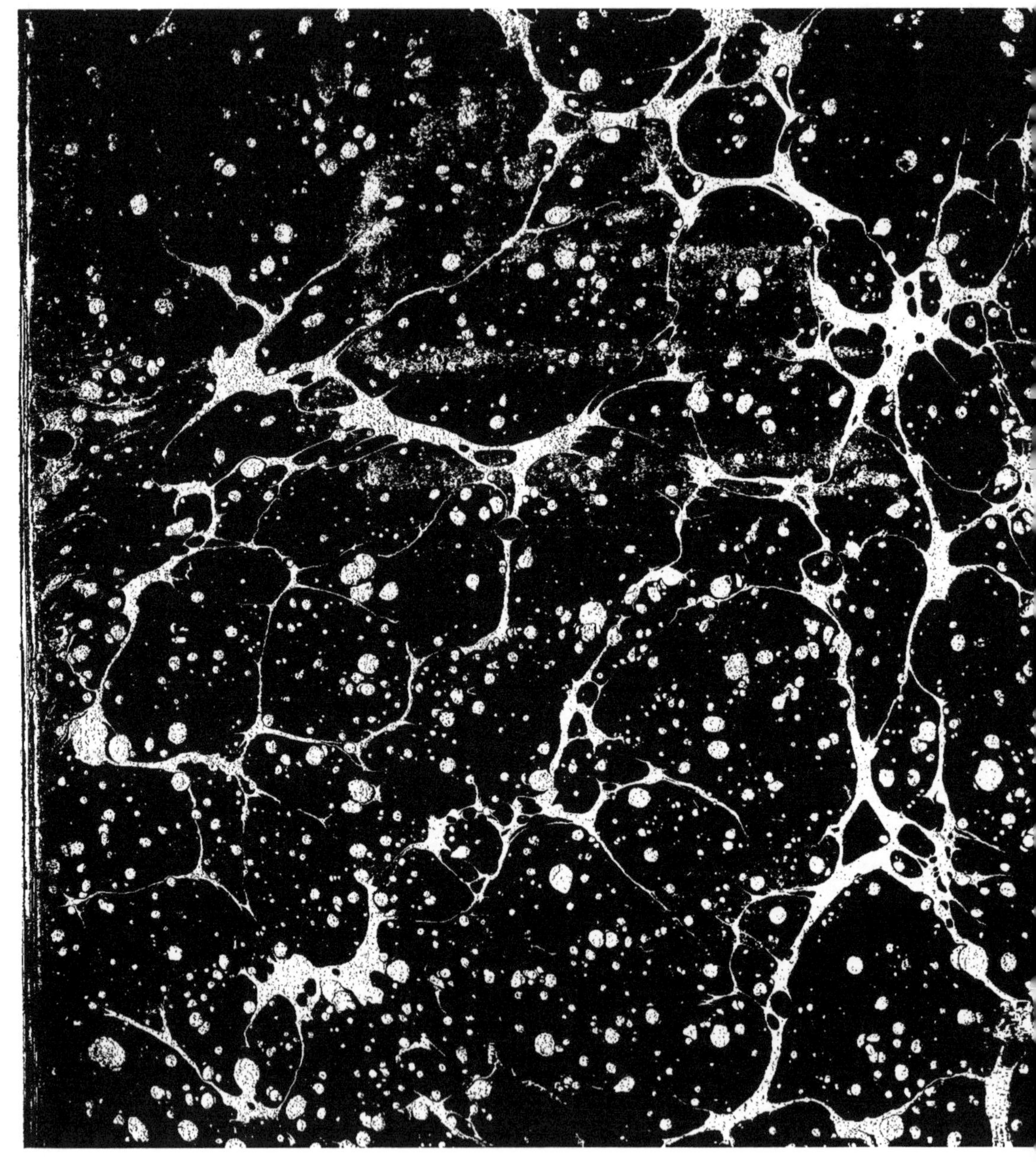

www.ingramcontent.com/pod-product-compliance
Ingram Content Group UK Ltd.
Pitfield, Milton Keynes, MK11 3LW, UK
UKHW012247240726
13966UKWH00004B/1336

9 782011 910738